AF389658

Classique Érotique

LE SULTAN MISAPOUF ET LA PRINCESSE GRISEMINE

Un conte de fées grivois

Écrit par
Claude-Henri
de Fusée de Voisenon

Discours préliminaires

Vous m'avez non seulement demandé, madame, un conte de fées, vous avez même exigé qu'il fût fait avant mon retour à Paris ; vous m'avez de plus ordonné d'éviter toute ressemblance avec tous ceux qui paraissent depuis quelque temps. Croyez-vous, madame, qu'il soit aussi facile de vous donner un conte de fées d'un tour neuf et d'un style moins commun que celui qui semble affecté à ces sortes d'ouvrages, qu'il est aisé à Messieurs les auteurs des *Étrennes de la Saint-Jean* et des *Œufs de Pâques*[1], d'ajouter chaque jour un nouveau chapitre à ces chefs-d'œuvre d'esprit et de bon goût ? Quoi qu'il en soit, l'obéissance étant une vertu que votre sexe préfère peut-être à toutes les autres, je me suis mis à l'ouvrage, et je vous envoie tout ce que j'ai pu tirer de mon imagination. Vous vous apercevrez, par le ton différent qui règne dans le cours de ce petit ouvrage, que mon imagination a peu de suite et change souvent d'objet. Elle dépend si fort de ma santé et de la situation de mon esprit, que tantôt elle est triste, tantôt bizarre, quelquefois gaie, brillante ; mais, en général, toujours mal réglée, et ayant peu de suite. Par exemple, le commencement de ce conte est singulier, le récit du sultan est vif, naïvement conté, et, je crois, assez plaisant jusqu'au désenchantement de la princesse *Trop est trop*. L'épisode du bonze Cérasin four-

---

1. Ces écrits collectifs proviennent de la Société du Bout du Banc, qui réunissait gens de lettres et gens du monde.

nit encore un plus grand comique. Mais tout à coup arrive une description d'un temple et des différents cintres qui le composent ; cet endroit, auquel on ne s'attend pas, est, ce me semble, intéressant ; c'est, dommage qu'il ne m'ait pas été possible de faire dire tout cela à un autre qu'au sultan Misapouf, qui véritablement doit être étonné lui-même de tout ce qu'il débite de beau, et de la délicatesse des sentiments que je lui donne tout à coup. Les métamorphoses qui suivent la fin de l'enchantement de la princesse ne produisent rien de vif ni de bien piquant ; mais le sultan ayant annoncé au commencement de son histoire qu'il a été lièvre, lévrier et renard, il a bien fallu lui faire tenir sa parole. S'il ne lui est rien arrivé de plaisant sous les deux premières formes, c'est, en vérité, la faute de mon imagination. Et du peu de connaissance que j'ai de la façon de vivre et de penser de messieurs les lièvres : comme renard, il devait sans doute étaler toute la souplesse et la ruse qu'on attribue à cette espèce d'animal.

Au lieu de cela, je lui fais préférer une petite poule à une douzaine de gros dindons. Cette bévue, si peu digne d'un renard avisé, produit une catastrophe qui fait honneur à nos plus grands romans, et que le ton de ce conte ne promet sûrement pas. À l'égard de l'histoire de la sultane, je n'entreprendrai ni de la justifier ni d'en faire la critique. Elle est moins originale que celle de Misapouf ; et par là elle plaira moins à certaines gens, et sera plus du goût de beaucoup d'autres. Pour moi, je vous avouerai que j'en fais moins de cas que de celle du sultan, et que ce n'est pas ma faute si elle diffère de genre, de style, et de ton. Pourquoi est-elle venue la dernière ? Mon imagination s'est épuisée en faveur de Misapouf, et j'ai été obligé d'avoir recours à ma mémoire, pour me tirer de cette dernière histoire. Je souhaite que le tout ensemble puisse vous amuser un moment. Je serai suffisamment payé de ma peine et de mon travail. Vous trouverez sans doute que ce conte est un peu libre ; je le pense moi-même ; mais ce genre de conte étant aujourd'hui à la mode, je profite du moment, bien persuadé qu'on reviendra de ce mauvais goût, et qu'on préférera bientôt la vertu outrée de nos anciennes héroïnes de romans à la facilité de celles qu'on introduit dans nos romans modernes. Il en est de ces sortes d'ouvrages, comme des tragédies, qui ne sont pas faites pour être le tableau du siècle où l'on vit. Elles doivent peindre les hommes tels qu'ils doivent être, et non tels qu'ils sont. Ainsi ces contes peu modestes, où l'on ne se donne pas souvent la peine de mettre une gaze légère aux discours les plus libres, et où l'on voit à chaque page des jouissances finies et manquées, passeront, à coup sûr, de mode avant qu'il soit peu.

Vous serez étonnée qu'avec une pareille façon de penser je me sois livré si franchement au goût présent, et que j'aie même surpassé ceux qui m'ont précédé dans ce genre, que je désapprouve ; mais, je vous le répète, c'est moins pour me conformer à la mode que pour profiter du temps où elle est en règne, et ruiner, s'il est possible, ceux qui voudront écrire après moi sur un pareil ton. Le conte que je vous envoie est si libre et si plein de choses qui toutes ont rapport aux idées les moins honnêtes, que je crois qu'il sera difficile de rien dire de nouveau dans ce genre. Du moins je l'espère ; j'ai cependant évité tous les mots qui pourraient blesser les oreilles modestes ; tout est voilé mais la gaze est si légère que les plus faibles vues ne perdront rien du tableau.

PREMIÈRE PARTIE

— Ah ! dit un jour en soupant le sultan Misapouf, je suis las de dépendre d'un cuisinier, tous ces ragoûts-là sont manqués ; je faisais bien meilleure chère quand j'étais renard.

— Quoi, seigneur, vous avez été renard ! s'écria en tremblant la sultane Grisemine.

— Oui, madame, répondit le sultan.

— Hélas ! dit Grisemine en laissant échapper quelques larmes, ne serait-ce point Votre Auguste Majesté qui, pendant que j'étais lapine, aurait mangé six lapereaux, mes enfants ?

— Comment, dit le sultan, effrayé et surpris, vous avez été lapine !

— Oui, seigneur, répliqua la sultane, et vous avez dû vous apercevoir que le lapin est un mets dont je m'abstiens exactement : je craindrais toujours de manger quelques-uns de mes cousins ou neveux.

— Voilà qui est bien singulier, repartit Misapouf ; dites-moi, je vous prie, étiez-vous lapin d'Angleterre ou de Caboue ?

— Seigneur, j'habitais une garenne de Norvège, répondit Grisemine.

— Ma foi, dit le sultan, j'étais un renard du Nord, et il se peut sans miracle que ce soit moi qui aie mangé vos six enfants ; mais admirez la justice divine, j'ai réparé ce crime en vous faisant six garçons, et je vous avouerai sans fadeur que malgré ma gourmandise et mon goût pour les lapereaux, j'ai eu plus de plaisir à faire les uns qu'à manger les autres.

— Seigneur, vous êtes toujours galant, répliqua Grisemine, cela me fait espérer que Votre Sublime Majesté voudra bien me raconter ses aventures.

— Volontiers, dit le sultan ; mais à charge de revanche. Je commence par vous avertir que mon âme a passé dans le corps de plusieurs bêtes, non par transmigration, c'est un système de Chacabou auquel je ne crois pas ; c'est par la malice d'une injuste fée que tout cela m'est arrivé. Avant d'entrer en matière, je crois devoir détruire cette pernicieuse doctrine de la métempsycose.

— Seigneur, dit la sultane, cela est inutile, votre érudition serait en pure perte, je n'y comprendrais rien, je crois sur votre parole la métempsycose une erreur ridicule : dites-moi seulement quelles sortes de bêtes vous avez été.

— À la bonne heure, dit le sultan. Premièrement j'ai été lièvre, ensuite lévrier, puis renard, et je dois, dit-on, finir par être un animal que je ne connais point, qu'on appelle capucin.

— Seigneur, dit la sultane, Votre Savante Majesté n'a-t-elle jamais vu son âme éclipsée sous la forme de quelque être inanimé ?

— Oui, sans doute, répliqua Misapouf, j'ai été baignoire.

— C'est, je le vois, la conformité de nos destinées, reprit Grisemine, qui nous a unis : j'ai passé comme vous par bien des formes différentes, j'ai d'abord été barbue.

— Mais vous ne l'êtes pas mal encore, dit le sultan.

— Vous êtes bien poli, seigneur, répondit Grisemine ; j'ai

donc été barbue et lapin.

— Vous nous conterez tout ce qui vous est arrivé sous ces deux métamorphoses, dit le sultan. Vous m'avez demandé mon histoire : écoutez-la, si vous pouvez, sans m'interrompre.

Histoire du sultan Misapouf

— Je ne sais si vous avez entendu parler du Grand Hyaouas, qui était de l'illustre famille de Lâna.

— Oui, seigneur, dit Grisemine, ce fut lui qui conquit les royaumes de Laüs, de Tonquin et de Cochinchine, desquels est sorti l'empire de Gânan.

— Vous avez raison, répondit Misapouf, et pour une sultane cela s'appelle savoir l'Histoire.

« Le célèbre Tonclukt était descendu de cet Hyaouas, et moi je suis arrière-petit-fils de ce Tonclukt.

Tout cela ne fait rien, me direz-vous, à mes aventures : d'accord ; mais j'ai été bien aise de vous dire un mot de ma généalogie, pour vous faire voir que dans ma maison nous ne sommes pas renards de père en fils.

Mon père était un petit homme gros et court ; sa taille était l'image de son esprit, de sorte que les sourds pouvaient juger de son esprit par sa taille, et les aveugles de sa taille par son esprit. Je n'en dirai pas davantage, parce que je pourrais m'échapper, et il ne faut pas mal parler de son père, quand on veut vivre longtemps…

Mon père donc devint amoureux d'une princesse qui avait les cheveux crépus et l'âme sensible : ces deux choses-là, dit-on, se suivent ordinairement. Cette sensibilité en question me fit naître quelques mois avant leur mariage ; je n'en fus cependant pas plus heureux, et vous verrez par mes aventures que j'ai fait mentir le proverbe. La première femme de mon père, qui avait les cheveux blonds, et qui était aussi vive que si elle les avait eus crépus, informée de ma naissance par quelques-uns de ces méchants esprits de cour, au lieu de se venger en se faisant faire un enfant légitime par un autre que son mari, s'avisa de me prendre en guignon, et pria la fée Ténébreuse d'honorer de sa protection l'antipathie qu'elle avait pour moi. Cette vilaine fée, qui avait le caractère de la couleur de son nom, promit de me mener beau train, et jura que je ne serais sultan qu'après avoir délivré deux princesses de deux enchantements les plus extraordinaires du monde et les plus opposés. Ce n'est rien encore que cette terrible nécessité : il fallait, pour être quitte de sa haine, que j'étranglasse mes amis, mes parents, et mes maîtresses. »

Grisemine frissonna à cet endroit de la narration du sultan ; il s'en aperçut, et lui dit :

— Ne craignez rien, madame, tout cela est fait. Il fallait outre cela que je mangeasse une famille entière dans un seul jour. Vous m'avouerez qu'il faut être enragée pour inventer une pareille destinée en faveur d'un honnête homme.

« Ma propre mère, loin de me plaindre, parut envier le sort qui m'était réservé, et dit : « Voilà un petit garçon trop heureux, il verra bien des choses. » J'avais à peine quinze ans, lorsqu'elle me remit entre les mains de la fée Ténébreuse, pour commencer le cours de mes singulières aventures. « Petit bon-homme, me dit la fée, vous ignorez les obligations que vous m'allez avoir ; s'il est vrai que la connaissance du monde forme l'esprit, il n'y aura personne de comparable à vous. » Je voulus lui témoigner ma reconnaissance. « Trêve de compliments, me dit-elle, ne me remerciez pas d'avance, je vais vous mettre en état de commencer votre brillante carrière. » En finissant ces mots, elle me toucha de sa baguette, et je devins une baignoire. Ce premier bienfait me surprit, je l'avoue. Sous ma nouvelle forme je conservais, pour mes péchés, la faculté d'entendre, de voir et de penser. La fée appelle ses femmes et leur dit : « Lâchez les robinets ! » Dans l'instant je me sentis inondé d'eau chaude, j'eus une telle frayeur d'être brûlé tout vif qu'il m'est toujours resté depuis ce temps-là une aversion singulière pour l'eau chaude, et même pour l'eau froide. Quand j'eus un peu repris mes sens, j'entendis la fée dire d'un ton aigre : « Qu'on me déshabille ! » Cet ordre fut exécuté promptement et je ne tardai pas à me voir chargé d'un poids énorme. Mes yeux, dont la fée par malice m'avait conservé l'usage, me firent connaître que ce fardeau était un gros derrière noir et huileux appartenant à la fée… »

— Seigneur, dit Grisemine en interrompant le sultan, cette fée était bien dépourvue d'amour-propre, il me semble que…

— Il vous semble, reprit Misapouf, fâché d'avoir été interrompu, que toutes les femmes doivent avoir autant d'amour-propre que vous en avez, et en cela vous avez tort ; la méchanceté l'emporte en elles sur tout autre sentiment, et je suis certain que si la fée eût pu trouver un plus vilain derrière que le sien, elle n'eût pas manqué de l'emprunter pour me faire enrager. Quoi qu'il en soit, elle fit durer mon supplice une heure et demie ; mon esprit devait commencer à se former, car en peu de temps je vis bien du pays.

Misapouf, regardant la sultane à ces mots, s'aperçut qu'elle se mordait les lèvres pour s'empêcher de rire.

— Je crois, madame, lui dit-il, que mes malheurs, loin de vous toucher, vous donnent envie de rire.

— Il est vrai, seigneur, répondit Grisemine, j'ai peine à vous cacher la joie que je sens en voyant qu'ils sont finis.

— Ma foi, c'est s'en retirer avec esprit, répliqua le sultan. Je ne vous ai fait cette question embarrassante que pour vous donner occasion de briller. Enfin la fée sortit du bain. Je goûtais à peine la satisfaction d'en être délivré, que je l'entendis ordonner à son maudit eunuque noir de se baigner dans sa même eau…

Le sultan, s'interrompant à cet endroit, dit à Grisemine :

— Savez-vous, madame, exactement comment est fait un eunuque noir ?

— Seigneur, lui répondit Grisemine, il n'y a point de ces gens-là parmi les lapins, et je n'ai, que je sache, jamais vu d'autre homme en déshabillé que Votre Sublime Majesté.

— Cela n'est pas trop vraisemblable, dit le sultan. Quoi qu'il en soit, vous saurez que c'est la plus vilaine, la plus dégoûtante chose qu'on puisse envisager. Je fus si frappé d'horreur à l'aspect de ce monstre que je m'évanouis. Heureusement qu'une baignoire ne change pas de visage. Ainsi on ne s'en aperçut point ; je ne revins que pour voir ce détestable objet faire mille impertinences pour amuser les femmes de la fée. Si je veux jamais beaucoup de mal à quelqu'un, je lui souhaiterai d'être eunuque noir.

— Pourquoi pas de devenir baignoire ? dit la sultane.

— Parbleu ! madame, avec tout votre esprit, vous n'êtes qu'une sotte ! répliqua le sultan ; une baignoire comme vous le savez par expérience, peut devenir homme ; il n'en est pas de même d'un eunuque.

— Votre Majesté a raison, reprit Grisemine, c'est moi qui ai tort ; mais oserais-je vous demander, seigneur, combien de temps vous avez demeuré sous cette métamorphose ?

— Huit jours, madame, dit le sultan, qui me parurent huit ans ; le neuvième, la fée me rendit ma figure humaine, en me disant : « Mon enfant, je suis contente de vous, vous avez bien fait votre métier de baignoire ; je crois que vous n'êtes pas fâché de tout ce que je vous ai fait voir en si peu de temps. Allez, poursuivez vos brillantes aventures, et souvenez-vous de moi. » Me croyant dispensé d'un remerciement, je lui tournai le dos et je la quittai promptement. Je courais à travers champs comme un fol, m'imaginant toujours avoir la physionomie d'une baignoire : j'usai deux douzaines de mouchoirs à force de m'essuyer le visage. Sur le soir je me trouvai dans une forêt, j'aperçus une fontaine et une assez belle femme qui se baignait : ce spectacle d'eau et de bain, me rappelant mes malheurs, me fit prendre la fuite sur nouveaux frais, malgré les cris de la dame qui me répétait de toutes ses forces : « Arrêtez ! chevalier, la fée aux Bains vous en conjure. » Ces mots me firent redoubler ma course. « Ah ! cruel, continua-t-elle, puisque tu ne veux pas m'entendre, cours au moins dé-

livrer le nez de mon mari ! » Vous croyez bien que c'est de
quoi j'étais fort peu tenté ; j'étais trop satisfait d'avoir délivré
le mien pour m'embarrasser de celui d'un autre. Au bout d'une
heure d'une marche fatigante, je m'arrêtai et je ne tardai pas,
malgré mon inquiétude, à m'endormir. Au point du jour je fus
réveillé par un bruit qu'un reste de sommeil me faisait paraître
éloigné ; je sentis en même temps une main qui défaisait mon
pourpoint et me prenait le petit doigt : j'entendis une voix
douce qui disait : « Je n'en ai jamais vu un si petit, j'espère qu'il
pourra délivrer ma fille. » J'ouvris tout à fait les yeux et j'aperçus une princesse d'une beauté à laquelle on ne peut comparer
que la vôtre. Elle était dans un palanquin, entourée d'un grand
nombre de gardes, montés sur des chameaux : elle me fit mon-
ter dans sa voiture et me plaça à sa gauche. Je pensai tomber
à la renverse en découvrant la figure exorbitante qui était à
sa droite ; c'était un homme ou plutôt un démon qui avait
dix pieds neuf pouces de haut. Je crus d'abord que c'était le
Colosse de Rhodes ; je levai les yeux pour le considérer,
comme si j'avais voulu examiner les étoiles ; je l'aperçus qui
jetait sur moi des regards dédaigneux et moqueurs. Je regar-
dai ensuite la princesse. Elle m'honora d'un sourire admirable,
qui est toujours demeuré gravé dans ma mémoire. Vous m'en
avez souvent rappelé le souvenir, madame, et ne vous en êtes
pas mal trouvée. Je reviens à mon géant : j'eus peur pour la
princesse qu'il ne fût son mari ; c'eût été un meurtre, j'étais
bien persuadé qu'il n'était pas son amant. Je ne pus résister à
ma curiosité. Je lui demandai à l'oreille si c'était là monsieur
son mari :

— Non, dit-elle.

— Au moins, continuai-je, vous n'avez aucun dessein sur lui, ce n'est point un prétendant ?

— Non, répondit-elle encore.

— Ne serait-ce point, lui dis-je, le chef de vos eunuques ? Il fallait que cet animal de géant eût l'oreille aussi fine qu'elle était grande, car je parlais très bas ; cependant il m'entendit et me donna un coup de pouce sur la joue qui me jeta à la renverse sans connaissance…

— Seigneur, dit la sultane, cela pourrait s'appeler un soufflet.

— Eh ! vous n'y pensez pas, madame, répondit Misapouf, un soufflet se donne avec toute la main.

— Je vois bien que je me trompais, dit Grisemine.

— Mais vraiment c'est un de vos talents ! répliqua le sultan.

« La princesse me pinça, me chatouilla pour me faire revenir, tout fut inutile ; elle trouva un ruisseau et me répandit une telle quantité d'eau sur le visage que j'ouvris les yeux avec un effroi terrible. Je crus fermement que j'étais encore transformé en baignoire. Après m'être remis de mon trouble, j'imaginai devoir dire à mon donneur de coups de pouce :

— Monsieur, voilà une fort mauvaise plaisanterie.

— Petit bonhomme, me répondit-il, c'est pour vous apprendre à demander si je suis eunuque.

— Ignorez-vous, ajouta la princesse, que de soupçonner quelqu'un d'être de ces gens-là, ou quelque chose d'approchant, c'est lui faire une offense cruelle ? Ainsi vous auriez dû vous dispenser d'une semblable question sur le compte du seigneur Zinpuziquequoazisi.

— Ah ! bon Dieu, dis-je en moi-même, voilà un nom qui est aussi grand que lui.

— Je vois bien, princesse, poursuivis-je, que monsieur est de vos amis.

— Non, me répondit-elle, je ne le connais que depuis une heure, et il n'a d'autre avantage sur vous que celui de m'avoir appris son nom.

— Le mien, dis-je alors, chargera moins votre mémoire. Je m'appelle Misapouf tout court.

— Vous en avez bien l'air, me dit le géant.

Je ne répondis point à cette agréable plaisanterie, pour éviter une nouvelle querelle.

— Je vais vous apprendre, me dit la princesse, ce qui vous procure le hasard de me voir ; il faut pour cela vous faire une partie de mon histoire. Je suis la reine Zémangire : mon mari est roi de ces vastes forêts, et c'est pour cela qu'il se nomme le roi Sauvage. Son bonheur aurait été parfait, s'il n'eût pas été traversé par la fée Ténébreuse.

— Que je le plains, madame ! vous connaissez cette…

— Doucement, morbleu, dit le géant, n'en dites pas de mal, car je suis son fils.

— Ce n'est pas ce que vous faites de mieux, reprit la reine.

Ce trait-là me fit voir qu'elle avait beaucoup d'esprit.

— Mais puisque vous êtes le fils de la fée Ténébreuse, continua la princesse, faites-moi raison des deux enchantements qu'elle a faits contre mes filles.

— Quels sont ces enchantements ? demanda le géant. Ma chère mère ne m'instruit pas de tout ce qu'elle fait ; je ne suis encore ni magicien ni génie.

— Pour le dernier, on le voit bien, dit la reine en souriant. Je vais vous informer du malheur de mes deux filles et de ce qui l'a causé. La fée Ténébreuse devint amoureuse de mon époux.

— Cela ne me surprend point, dit le géant, on dit qu'elle est sujette à cela.

— Je crois, continua la princesse, qu'elle est aussi fort sujette à n'être pas aimée. Le roi, qui me chérit de toute son âme, reçut très mal sa déclaration et les avances qu'elle lui fit : il lui représenta qu'elle n'était ni d'âge ni de figure à pouvoir le rendre infidèle. « Puisque tu es assez sot, dit la fée, pour refuser mes faveurs, je m'en vengerai. La reine est grosse, elle accouchera de deux filles ; tu ne pourras les marier que lorsque tu auras trouvé pour chacune un petit doigt convenable à ces deux anneaux que tu vois et que je leur destine : il y en a un aussi petit que l'autre est prodigieux, il dépendra de moi de les placer et de les distribuer comme je le jugerai à propos. » La prédiction de la fée fut accomplie ; je mis au jour deux filles : l'une devint grande, belle et bien faite ; l'autre resta d'une petitesse excessive. La fée, qui leur a fait présent des deux anneaux en question, n'avait eu aucun égard à la différence de leurs tailles ; elle avait, au contraire, pris plaisir à contrarier la nature ; elle usurpa encore le droit de les nommer, et, conséquemment à la bizarrerie de ses dons, elle appela ma grande fille *Trop est trop* ; et l'autre, la princesse *Ne vous y fiez pas*. Depuis que mes filles sont en âge d'être mariées, elles en ont autant d'envie que si elles avaient un anneau fait comme les autres. Il s'est présenté plusieurs partis pour la princesse *Ne vous y fiez pas*, mais inutilement. Je vous confierai cependant que ce qui augmente mon chagrin, c'est que je la crois grosse à présent.

— Eh bien, dis-je, tant mieux. En voilà déjà une de mariée, il ne s'agit plus que de trouver un parti à l'autre ; le seigneur Zinpuziquequoazisi sera son affaire.

— Hélas ! je ne suis pas si heureuse, reprit la reine en versant quelques larmes, ce sont deux petits princes de trois pieds et deux pouces ou plus, qui ont déshonoré ma fille *Ne vous y fiez pas*, et qui ont ensuite disparu. J'ai consulté l'oracle, il m'a répondu qu'il n'y avait qu'un certain nez qui fût capable de découvrir ces princes, que ce nez-là en pâtirait, et qu'il n'y aurait qu'un géant qui pourrait délivrer ce nez, et que la grande princesse était destinée au prince porteur du plus petit doigt du monde. Je n'ai pas encore rencontré le nez qui nous est nécessaire ; mais en attendant j'ai trouvé son libérateur dans la personne du seigneur Zinpuziquequoazisi, et le fait du petit anneau dans la personne de Misapouf tout court.

La bizarrerie de ces enchantements et la curiosité si naturelle qu'on a de voir des choses extraordinaires triomphèrent de la répugnance que je sentais à me rendre à la cour du roi Sauvage. Nous y arrivâmes au bout de quelques heures.

— Seigneur, dit Zémangire au roi son époux, voilà deux personnages que j'ai rencontrés, dont les petits doigts pourront convenir aux deux anneaux enchantés ; il n'y a qu'un nez que je n'ai pu vous amener.

— Oh ! répondit le roi, ne soyez point inquiète du nez, il est dans son étui. Depuis votre départ, il est arrivé des choses bien singulières à la princesse *Ne vous y fiez pas*. Vous savez la faiblesse qu'elle avait pour ces deux petites marionnettes de princes : c'est sans doute à cause de sa facilité que la fée Ténébreuse l'a nommée *Ne vous y fiez pas*.

— Je m'en suis doutée, dit la reine, lorsque je l'ai vue grosse.

— C'est avoir bien de la pénétration, continua le roi ; mais vous auriez mieux fait de vous en douter auparavant. Je n'ai jamais vu une femme si prodigieusement grosse, son ventre touche à son menton ; ce qui vous surprendra encore plus, c'est qu'on entend parler distinctement dans son ventre ; je crois, en vérité, qu'elle accouchera d'un régiment de Lilliputiens.

— Seigneur, ce que vous racontez est incroyable, reprit la reine.

— C'est un fait, madame : votre accoucheur a voulu examiner de près ce phénomène, on lui a jeté au visage une grêle de noyaux de cerises dont un l'a malheureusement éborgné.

— Monsieur, dit la reine, il faut que la tête vous ait tourné pendant mon absence.

— Eh ! non, madame, encore un coup, reprit le roi avec aigreur, vous me feriez donner au diable avec vos doutes.

— Ah ! j'ai tort, répondit Zémangire, de ne pas croire bonnement que ma fille est grosse d'un cerisier.

— Eh ! qui diable vous dit cela, madame ? Il n'est question que de mangeurs de cerises et des noyaux qu'ils jettent. Le grand bonze Cérasin, continua le roi, a offert des sacrifices au

Pagode, il est venu prêter l'oreille où vous savez, pour s'assurer par lui-même si on entendait réellement des conversations suivies dans le ventre de ma fille.

— Eh ! je gage, dit la reine, qu'on n'y disait pas un mot.

— Pas un mot ! répliqua le roi, voilà comme vous êtes toujours, madame, vous doutez de tout. On y jouait aux échecs, et on y disputait vivement : *C'est là mon pion, c'est là le mien, échec à la dame, vous êtes échec et mat.* Eh bien, qu'avez-vous à répondre à cela ?

— Mais, répondit la reine, que ma fille fait bien de s'y prendre de bonne heure pour faire enseigner tous les jeux à ses enfants.

— Le bonze surpris, comme vous croyez bien, poursuivit le roi, approchait de plus en plus sa grande oreille. Apparemment qu'elle ôtait le jour aux joueurs ; car on la lui a pincée si fort qu'il a pris la fuite, en criant comme un enragé. Il est arrivé sur ces entrefaites un chevalier au grand nez. Tout ce que la renommée publiait sur le compte de mes deux filles avait excité sa curiosité, il venait de fort loin pour la satisfaire. Comme je me crois obligé de faire les honneurs de ma maison, je l'ai mené le même jour de son arrivée chez la princesse *Ne vous y fiez pas* ; il s'est approché fort près de l'endroit en question : mais quelle a été sa surprise et la nôtre lorsque nous avons vu son pauvre nez pris comme dans un piège ! Il a eu beau crier, on n'a point lâché prise, et il y est encore retenu au moment que je vous parle. Tous les étrangers qui passent dans la ville vont le voir pour la rareté du fait, et la princesse leur dit en riant : « Ne le plaignez pas, messieurs ; voilà ce qui arrive à ceux qui mettent leur nez où ils n'ont que faire. »

— C'est sans doute ce nez-là, dis-je, qu'on m'a prié de délivrer.

— Cet honneur, répondit la reine, ne peut regarder que le seigneur Zinpuziquequoazisi, puisque, selon l'oracle, il n'y a qu'un géant qui puisse en venir à bout ; mais transportons-nous sur les lieux pour mieux examiner la chose.

— C'est bien pensé, dit le roi.

Nous allâmes donc chez la princesse *Ne vous y fiez pas* ; je la pris en aversion au premier coup d'œil, je vis une très petite femme qui tenait emprisonné un fort grand chevalier ; on n'apercevait point le visage de ce malheureux chercheur d'aventures ; il était couvert par l'anneau, au travers duquel avait passé son pauvre nez qui était la partie souffrante.

— Seigneur Chevalier, dit le roi, j'espère que nous allons enfin briser vos fers ; nous avons trouvé un petit doigt plus gros que votre nez.

— Eh bien, seigneur, dit aussitôt le prisonnier (en parlant du nez comme vous croyez bien), faites-moi l'honneur de le mesurer et de le comparer avec cet auguste et magnifique petit doigt.

— Non, parbleu, je ne le souffrirai pas, dit le géant ; mais voyez cet impertinent avec son fichu nez !

— Il faudra bien, répliqua le roi, que de gré ou de force vous nous prêtiez le meuble dont nous avons besoin.

— C'est ce que nous verrons, répondit le géant, en cachant ses mains dans ses culottes.

La reine interrompit cette conversation, qui commençait à devenir un peu aigre.

— Je sais le respect que je vous dois, dit-elle au roi ; mais avec votre permission, vous n'avez pas le sens commun, vous n'avez pas compris l'oracle, ou il se contredit. Comment voulez-vous que le plus énorme petit doigt qui se soit vu convienne à cette princesse, et qu'en même temps elle épouse le petit Misapouf ?

— Mon Dieu, madame, cela se voit tous les jours. Ne dirait-on pas qu'on observe exactement les proportions de ceux qu'on marie ? Le seigneur Misapouf sera dans le cas de bien d'autres maris.

À ce mot de Misapouf on entendit deux voix souterraines qui criaient :

— Eh, bonjour, mon cher cousin Misapouf, comment va votre santé ?

— Qu'est-ce que cela signifie ? dis-je à la princesse.

— Je crois, madame, que votre personne sert de logement à mes cousins. Voyons un peu de près ce qui en est.

— *Ne vous y fiez pas*, ne vous y fiez pas, s'écrièrent encore les deux voix.

— Eh bien, leur criai-je de mon côté, je sais que c'est le nom de la princesse que l'on veut me faire épouser.

— Gardez-vous-en bien, dirent-ils plus haut, ne vous y fiez pas.

Pendant cette conversation je voyais la princesse rougir et pâlir successivement.

— Hélas ! dit-elle en s'adressant à moi, vos deux petits cousins Colibry et Nyny m'ont abusée ; ils se sont enfuis après m'avoir fait les enfants qui ont l'honneur de vous parler.

— Elle vous trompe, cria de toute sa force Colibry, elle dit qu'elle est grosse, pour sauver sa réputation ; mais il n'en est rien. Voici le fait : nous imaginions, mon cousin et moi, que cette petite princesse était porteuse du petit anneau. Comme nous étions sûrs d'être porteurs du petit doigt (vous savez, mon cousin, que c'est un mal de famille), nous crûmes donc pouvoir la désenchanter. Nous courûmes tous deux avec une vitesse égale, et nous entrâmes tout entiers dans l'anneau prodigieux de cette petite créature. Voilà pourquoi la fée l'a nommée la princesse *Ne vous y fiez pas*.

— Ah ! qu'il y a de petites femmes dans le monde, dit le roi, qui mériteraient un pareil nom ! Nous voilà éclaircis, c'est le seigneur Géant qui doit délivrer le nez et épouser la princesse.

Il s'en défendit d'abord, et soutint que cela était impossible, attendu la différence de taille. La princesse *Ne vous y fiez pas* lui dit qu'il fallait au moins essayer, qu'on verrait ensuite à prendre un parti. Il se laissa persuader, on les enferma ensemble, et je fus conduit chez sa sœur ; je fus surpris de sa grandeur, elle avait près de six pieds, cependant, elle n'en était pas moins belle et agréable.

— Merveille de nos jours, lui dis-je, en lui serrant tendrement le bout du pied gauche, est-il possible que je sois l'heureux mortel destiné à !…

— Prince, répondit-elle, je souhaite de tout mon cœur que vous veniez à bout d'une entreprise si difficile.

Dans cet instant je vis entrer le grand bonze Cérasin entouré de tous les bonzes du pays : il tenait dans ses mains un livre couvert de plaques d'or. Après nous avoir fait, ainsi que son cortège, une profonde révérence, il récita quelque chose, moitié bas, moitié haut, lut dans ce livre, et s'adressant à moi, il me tint ce discours :

— La princesse va se placer sur ce sopha, alors vous pourrez tenter l'aventure qui vous est réservée. Une pareille fortune n'arrivera jamais à un pauvre prêtre ; mais il faut se soumettre à la volonté du sort. Je dois vous avertir d'une chose essentielle, c'est de ne rien forcer à l'anneau de la princesse ; car la fée a mis une si grande correspondance de la personne avec l'anneau, que les efforts que vous feriez maladroitement feraient souffrir une douleur horrible à la princesse. Je dois être présent à cette épreuve. J'observerai les yeux et les mouvements de la princesse, et suivant ce que je verrai, je vous avertirai de vous arrêter ou de poursuivre.

En finissant ces mots, il me fit signe que je pouvais commencer. Je voulus suivre ce conseil sans perdre de temps ; mais je crois que la fée avait enchanté mon petit doigt, car il grossissait à mesure que je l'approchais de l'anneau ; cela m'inquiéta, cependant je tentai l'aventure. Dès le premier effort la princesse dit :

— Vous me faites mal.

Cérasin aussitôt me cria :

— Arrêtez-vous donc, n'entendez-vous pas que la princesse dit : Vous me faites mal ?

Malgré cet avertissement je fis une seconde tentative un peu plus forte.

— Ah ! je n'en puis plus, dit la princesse.

— Voulez-vous bien n'être pas si brutal, maudit nain que vous êtes ! me cria encore le grand bonze.

Malgré cette seconde remontrance, je crois que j'allais triompher, lorsque tout à coup mon petit doigt, qui s'était gonflé d'une manière étonnante, redevint dans un état tout contraire. Je m'arrêtai, fort surpris de ce changement.

— Allons donc, dit Cérasin, la princesse se morfond, est-elle faite pour attendre votre commodité ? Qu'est-ce que ce petit paresseux ?

Pendant tout ce dialogue, mon petit doigt redevint tel qu'il était un moment auparavant. Je profitai de l'instant, la princesse fit un cri douloureux, et puis dit en soupirant :

— Ah ! mon ami, vous m'avez tuée !

Ce mot d'ami me fit plaisir, il me parut venir d'un bon caractère : je fis de nouveaux efforts ; mais ils étaient inutiles. La princesse dit en me regardant tendrement :

— Le charme est rompu.

Le grand bonze répéta en chœur avec tous ses satellites :

— Gloire soit au petit doigt de Misapouf, le charme est rompu.

Je fus au comble de la joie ; je vous avouerai que depuis ce fortuné moment je n'ai point peur des grandes femmes. Je me défie beaucoup plus des petites. La nature sur cet article est presque aussi bizarre que la fée Ténébreuse, elle se plaît à faire le contraire de ce que la raison semble exiger :

J'étais dans l'ivresse de ma victoire, lorsque la maudite fée Ténébreuse descendit dans son char des brouillards.

— Taisez-vous, prêtrailles, s'écria-t-elle, je vais vous apprendre à chanter des hymnes à mon préjudice.

Elle dit, et toucha de sa baguette Cérasin et ses grands-vicaires ; ils tombèrent les uns sur les autres ; mais en se relevant, ô surprise ! ô spectacle effrayant ! je les vis et ne les reconnus pas ; leur bouches étaient transformées en anneaux. On ne peut s'imaginer à quel point cela changeait leur physionomie, il faut l'avoir vu pour le croire. Le pauvre Cérasin me disait d'un air humilié :

— Ayez pitié de moi !

Tous les autres prêtres répétaient la même chose en chœur ; ils m'étourdirent tant que je les renvoyai : ils sortirent avec leurs anneaux barbus. On les aurait pris pour des capucins.

Cérasin, qui était un petit-maître, se regarda dans son miroir en arrivant chez lui, et se fit horreur. Il ne concevait pas comment il se pouvait faire qu'un anneau, qu'il avait toujours trouvé une jolie chose, pût le rendre si vilain : cela prouve que le principal mérite de tout, consiste à être à sa place. Enfin, il prit le parti d'envoyer chercher son barbier, qui lui dit en entrant :

— Je viens savoir ce que vous souhaitez, Monseigneur ; j'ai eu l'honneur de raser ce matin Votre Grandeur.

— Oh ! vraiment, répondit Cérasin, Ma Grandeur est passée à ma barbe. Regardez-moi, ne suis-je pas un joli garçon ?

— Ah ! Grand Pagode, s'écria le barbier en reculant trois pas, quelle bouche, quelle barbe ! Cela tient du miracle, et je ne sais si Monseigneur fait bien de vouloir se la faire abattre. Je croirais presque que c'est notre sacré singe qui a voulu vous marquer sa bienveillance, en vous donnant le bas de son visage.

— Ne laissez pas, répondit Cérasin, que de me bien savonner.

Le barbier obéit, et savonna Monseigneur ; mais quand Monseigneur fut savonné et rasé, il était encore plus laid qu'auparavant. Il tomba dans la désolation, en se voyant une bouche en cul de poule : il disait avec fureur :

— Mais on n'a jamais vu une bouche de cette façon-là !

— Du moins, répondit le barbier avec un air respectueux, j'ose assurer, Monseigneur, que si on en a vu, ce n'a jamais été au-dessous d'un nez.

— Ah ! je n'ai pas besoin de vos remarques, reprit Cérasin. Tenez, vous voilà payé, allez-vous-en.

— Ah ! Monseigneur, dit humblement ce barbier, vous avez trop de conscience pour ne payer que pour une simple barbe ; celle-ci en vaut deux ; ayez la bonté de tâter comme les poils de Votre Grandeur sont durs, il m'en a coûté un rasoir.

Sa Grandeur, qui était avaricieuse, le renvoya brutalement, et le barbier, pour s'en venger, publia aussitôt l'aventure, dont toute la Cour se divertit.

La princesse et moi nous en riions encore le soir en nous mettant au lit ; mais notre joie ne dura pas longtemps. Car dès que je présentai mon petit doigt à l'anneau, je fus mordu bien serré. Je poussai un cri perçant, et j'entendis un grand éclat de rire ; j'en fus piqué, et je dis à la princesse :

— Madame, je ne vois pas qu'il y ait là de quoi rire si fort.

— Moi, répondit-elle ; je ne ris point et n'en ai nulle envie.

— Il est fort bon, repris-je, de me soutenir cela. Mon Dieu ! poursuivis-je, cela n'est pas bien fin ; vous riez par vanité ; vous êtes enchantée que je me sois blessé.

Je voulus faire un second essai, je fus mordu encore plus vivement : mes cris augmentèrent à proportion, et le rire augmenta par éclats. Je ne fus pas maître de moi, je poussai la princesse hors du lit : elle tira toutes les sonnettes en fondant en larmes. Les femmes apportèrent des lumières, et furent très surprises de ne voir que deux personnes, dont l'une pleurait et l'autre grondait, et d'entendre, malgré cela, rire à pâmer. Ce fut là le cas, ou jamais, de soupçonner qu'il y avait quelque chose là-dessous ; aussi ne manquai-je pas de le dire, et même d'y regarder. Mais quelle fut ma surprise de trouver, au lieu de l'anneau, une bouche véritable, à laquelle malheureusement il ne manquait pas une dent, et qui me riait au nez impudemment ! La princesse jeta les hauts cris.

— Madame, lui dis-je, il ne s'agit point ici de perdre tête, il faut tout simplement mander l'arracheur de dents de Sa Majesté.

— Hélas ! monsieur, répondit-elle, il aura oublié son métier, car il y a dix ans que mon père a perdu sa dernière.

Malgré cela on alla le chercher : il voulut, comme de raison, visiter la bouche de la princesse ; mais je lui dis :

— C'est un peu plus bas, monsieur.

— Qu'appelez-vous un peu plus bas ? répondit-il. N'est-ce pas pour la princesse qu'on m'a mandé ?

— Sans doute, répliquai-je.

— Eh bien, poursuivit-il, que voulez-vous me dire ? Allons, madame, ayez la bonté de vous placer.

La princesse s'étendit sur un canapé.

— Madame, dit l'opérateur, ce n'est point-là la situation de quelqu'un qui se fait arracher une dent.

— Monsieur, repartis-je, c'est la façon de la princesse.

— Je ne puis pas, répondit-il, la blâmer absolument ; mais ce n'est pas dans le cas présent.

Enfin, je l'instruisis du fait, qu'il regarda comme une fable. Il demanda de la lumière et fit sa visite.

— Ah ! le beau râtelier ! s'écria-t-il d'abord.

— J'en conviens, lui dis-je ; mais comme c'est une beauté déplacée, ce sont précisément ces dents-là qu'il faut arracher l'une après l'autre.

— Arracher ces dents-là ! reprit-il avec colère. Ah ! monsieur, ce serait un meurtre. Je vois bien, poursuivit-il, que vous me prenez pour ces dentistes qui ne sentent pas le prix d'une dent ; mais vous vous trompez. S'il n'avait été question que d'en plomber quelqu'une, encore passe, il n'aurait point été étonnant qu'il y en ait une, au moins, qui fût creuse ; mais ayez la bonté d'y regarder vous-même, tout ce que je puis faire c'est de les limer. !

— Eh bien, dis-je, essayons ce moyen-là.

Aussitôt il commença sa besogne avec grâce, et me demanda si je ne savais pas des nouvelles. Dans cet instant il fut bien étonné de voir la lime se casser. Il en tira une autre qui eut le même sort, il en rompit six de suite.

— Ah ! parbleu, s'écria-t-il avec fureur, vous me donnez à limer des dents de diamant.

Alors on entendit une voix prononcer ces paroles :

Cette bouche demeurera où elle est avec toutes ses dents, jusqu'à ce que la princesse *Ne vous y fiez pas* soit désenchantée. »

Je ne perdis pas un moment ; j'allai voir où en était le géant qui, en me voyant m'éclata de rire au nez.

Je ne fis pas semblant de m'en apercevoir, parce qu'il était inutile d'être querelleur, et j'allai à l'anneau de la princesse ; mais il n'y était plus.

— Je vois votre étonnement, me dit-elle, mon anneau vient de s'envoler avec vos deux petits cousins, comme un char d'opéra. Je ne sais point en quel climat de la nature on l'a transporté. Allez, cherchez-le, et songez que vous n'aurez celui de ma sœur que lorsque le charme du mien sera rompu.

J'allai consulter Cérasin, et le prier d'implorer la bienveillance du Pagode. Depuis qu'il s'était fait faire la barbe, il vivait fort retiré ; cependant il voulut bien me donner audience. Il rougit en me voyant et me demanda si je ne le trouvais pas bien changé.

— Pas trop, lui répondis-je, je vous trouve seulement l'air un peu efféminé.

— Vous venez, reprit-il, me consulter sur votre voyage, je vous y accompagnerai. Le Pagode m'a révélé que les anneaux ne seraient désenchantés que lorsque ma bouche, que j'ai perdue, viendrait sur mes épaules. Je ne serai point fâché de la retrouver ; car vous sentez bien que je ne puis pas honnêtement me présenter en bonne compagnie avec celle que vous me voyez.

— Ah ! lui dis-je, pour le consoler, elle n'est pas si mal, je suis simplement fâché que vous vous soyez fait raser.

— Oh ! répondit-il, j'ai commandé une espèce de petite perruque qui aura l'air d'une grande barbe.

— Cela sera fort bien, repris-je. Demain matin nous partirons ensemble.

Nous nous mîmes en chemin à la pointe du jour. Cérasin s'approchait de chaque femme qu'il rencontrait, et lui disait :

— Madame, par hasard, n'auriez-vous point ma bouche ?

Moi, de mon côté, je disais :

— Madame a bien la mine de porter l'anneau de la princesse *Ne vous y fiez pas*.

On nous prenait pour deux fous, et l'on ne nous répondait point. Vers le soir, nous trouvâmes une vieille dans une simple cabane ; elle nous dit qu'elle se nommait la fée aux Dents ; nous éclatâmes de rire, parce qu'elle n'en avait pas une dans la bouche, et nous croyions que c'était par ironie qu'on la nommait ainsi. Elle fit approcher des sièges ; mais comme ses meubles n'étaient pas neufs, le pied de l'escabeau sur lequel elle était assise rompit et la fit tomber à la renverse. Aussitôt je vis Cérasin fondre sur elle, en criant de toute sa force :

— Ah ! voilà ma bouche ! Ah ! voilà mes dents !

La vieille se débattait, et faisait des grimaces effroyables. À la fin elle s'accrocha à la barbe postiche de Cérasin qui lui disait :

— Voulez-vous bien laisser ma barbe !

L'autre lui répondit :

— Laissez mes dents vous-même.

À force de se tirailler tous deux, une dent de la vieille resta dans les mains de Cérasin, et la petite perruque de bouche demeura dans les mains de la vieille.

— Le vilain, s'écria-t-elle, qui a la barbe d'autrui !

Il faut être ecclésiastique pour aimer à ce point-là le bien de son prochain.

— N'avez-vous pas de honte, lui répondit Cérasin, d'avoir volé ma bouche, et de l'avoir placée dans votre garde-meuble ?

Il allait cependant faire un échange de prisonniers. Cérasin était sur le point de rendre la dent pour ravoir la perruque, lorsque nous vîmes paraître une fée dans un char brillant fait en ovale, qui nous cria :

— Gardez-vous bien de vous défaire de cette dent, elle est enchantée, elle appartient à cette vieille fée, qui est sœur de la fée Ténébreuse ; et c'est cette dent seule qui peut vous ouvrir les portes de mon temple.

— Madame, lui dis-je, j'ai beaucoup de respect pour votre temple ; mais s'il ne mène à rien, je ne me soucie pas d'y entrer.

— Je vois bien, reprit-elle, que vous ne connaissez pas la fée aux Anneaux. C'est moi qui ai fait tous ceux qui animent l'univers.

— Madame, répondis-je, vous avez bien de la conscience ; car il y en a beaucoup auxquels vous n'avez pas épargné l'étoffe.

Nous montâmes dans son char, et nous laissâmes la vieille fée crier ! aux dents… »

— Oh ! que cela est plaisant ! dit Grisemine en interrompant le sultan, et que fîtes-vous chez la fée aux Anneaux avec votre dent à la main ?

— Parbleu, madame, je n'y puis plus tenir, vos questions sont impertinentes ; ma foi je m'en vais me coucher, et je ne suis pas d'humeur de satisfaire votre curiosité pour le présent ; je verrai demain si je vous raconterai le reste de mes aventures.

SECONDE PARTIE

Le lendemain, Grisemine ne manqua pas de se présenter devant Misapouf et de le prier de lui finir l'histoire de sa vie. Il la reprit en ces termes :

« Nous arrivâmes bientôt au temple ; ce fut alors que j'éprouvai l'enchantement de la dent arrachée. Elle prit tout à coup la forme d'un petit doigt assez considérable.

— Je vois votre étonnement, dit la fée ; c'est par le moyen de cette métamorphose que vous allez pénétrer dans la première enceinte. Ce meuble porte ici le nom d'un passe-partout.

En effet, la grande porte s'ouvrit. Ce temple était un fort beau vaisseau, composé de trois cintres séparés.

La voûte du premier était garnie d'une grande couronne d'anneaux ; je vis plusieurs chevaliers qui tournaient autour. J'imaginais que c'était une course de bague.

— Ces anneaux, dit la fée, sont les revenus de celles à qui ils appartiennent. Remarquez que les chevaliers qui n'ont qu'une lance de bois ou de fer, n'en attrapent aucun. Voyez-vous, au contraire, ce gros vilain financier ? Il n'en manque pas un, parce qu'il a une lance d'or.

— Il est vrai, répondis-je, mais je remarque en même temps que ces mêmes anneaux s'échappent aussitôt qu'il les a touchés.

— C'est la règle, répliqua la fée, ce sont des commerçants qui ne s'enrichissent qu'en courant. Passons dans le second cintre, poursuivit-elle.

Les anneaux qui le garnissaient avaient chacun un cœur placé derrière eux. Souvent je voyais un anneau disparaître, et le cœur demeurer seul.

— Expliquez-moi, dis-je à la fée, ce que signifie cette séparation ?

— C'est, répondit-elle, l'anneau d'une fille qu'on vient de marier ; il est vendu et livré, mais le cœur reste, parce qu'il n'y a qu'elle qui peut le donner. Vous voyez encore, poursuivit-elle, des cœurs sans anneaux ; ceux-là paraissent secs et flétris. Ce sont les cœurs de ces femmes méprisables et estimées, qui ont le maintien froid, l'esprit dur et le sang chaud ; qui, sans avoir d'âme, ont beaucoup de tempérament ; qui établissent leurs plaisirs sur la jouissance de l'un, et leur réputation sur le défaut de l'autre : comme c'est le caprice seul ou la vivacité qui attire leurs anneaux, leurs cœurs ne sont jamais à la suite, et restent seuls pour faire parade d'une vertu dont il n'y a que les sots qui soient les dupes.

— Ah ! m'écriai-je, je ne veux point rester dans ce cintre-là ; je me flatte que l'anneau de ma princesse n'y est pas. Pénétrons dans le troisième.

— Volontiers, dit la fée, c'est là que votre destin sera éclairci.

Je fus très étonné de n'y voir qu'une couronne de cœurs et pas un seul anneau.

— Voilà, dit la fée, le cercle des cœurs qu'on méprise sans

raison, qu'on devrait estimer souvent, et plaindre toujours. Ce sont ces femmes qui n'ont de faiblesse que parce qu'elles ont une âme ; qui sont trop sincères pour n'être pas crédules, et trop tendres pour n'être pas aimées. Leurs cœurs cachent leurs anneaux, on n'a jamais le dernier que par le moyen du premier, et c'est là ce qui fait les passions voluptueuses et durables.

Elles résistent longtemps à l'amour qui ne veut que leur bonheur. Le préjugé les tient trop en garde contre le charme du sentiment, enfin elles s'y livrent. Elles avouent leur penchant, et veulent reculer leur défaite, mais en vain ; car, comme vous venez de le voir, quand c'est l'anneau seul qui porte la parole, le cœur peut fort bien ne pas répondre ; mais quand c'est le cœur qui parle, il est bien difficile que l'anneau ne se mêle pas un peu de la conversation.

Je sentis la vérité de ce discours, j'en fus attendri, et dans ce même instant je vis le cœur qui se déplaçait et qui vint se coller contre le mien. Un anneau charmant était à sa suite.

— Ah ! dis-je avec transport, voilà l'anneau de ma princesse.

Cérasin, qui était brutal comme un carme, se jeta dessus ; il s'en était déjà emparé, lorsque la fée lui dit :

— Insolent, je vais te punir de ta témérité.

Elle lui donna un coup de baguette sur le nez, qui le changea aussitôt en un bidet de faïence de Saint-Cloud ; il n'y eut que ses jambes dont elle lui conserva l'usage. Le bidet Cérasin s'en servit et galopa à bride abattue tout autour du temple ; les anneaux des trois cintres firent de grands éclats de rire, et même j'en remarquai beaucoup qui n'avaient pas le rire joli. La fée aux Dents parut alors, et se mit à cheval sur Cérasin, qui éternua beaucoup, sans que la fée lui dît : Dieu vous bénisse. La fée Ténébreuse se montra aussitôt et s'écria :

— Ah ! ma sœur, que faites-vous ?

— Je veux, répondit-elle, me venger de Cérasin, et je vais le faire galoper dans les terres labourées.

— Et ne voyez-vous pas, reprit la fée Ténébreuse, que vous venez me faire perdre mon pouvoir sur l'anneau de la princesse ? Le destin a déclaré qu'il se rejoindrait au petit doigt de Misapouf, lorsque la bouche de Cérasin serait sur ses épaules. Voilà l'oracle accompli, puisque c'est cette bouche qui vous sert d'anneau et qu'elle porte à plomb sur le dos de ce vilain bonze.

Elle n'eut pas plutôt fini ce discours, que le chevalier au Nez parut et me dit qu'enfin il était délivré, et qu'il allait rejoindre sa femme la fée aux Bains. Mes deux petits cousins Colibry et Nyny le suivaient, et étaient tout en nage.

— Grand merci, Misapouf, s'écrièrent-ils, nous allons prendre l'air ; car nous avons bien chaud.

Le géant fut obligé d'épouser la princesse *Ne vous y fiez pas*, et Cérasin est encore bidet de la fée, en punition du goût qu'il avait presque toujours contraire au beau sexe. Il a sans cesse le chagrin de voir son ennemie et de lui être soumis. Je croyais toucher à la fin de mes peines, mais il fallait remplir la destinée et subir l'enchantement que la fée avait formé contre moi. Sans être attendri par les larmes de ma belle princesse, ni par mes prières et mes soumissions, elle me toucha de sa baguette ;

je fus transformé à l'instant en lièvre. Quelle douleur pour un prince courageux de se voir sous la forme de l'animal du monde le plus poltron !

Conséquemment à mon nouveau naturel, mon amour s'évanouit pour faire place à une frayeur extrême. Je m'enfuis de toute la vitesse dont j'étais capable, et ne m'arrêtai qu'à cinq ou six lieues de là. Je demeurai tout le lendemain sur mes quatre pattes ; je ne savais pas encore me faire un gîte : mais l'instinct qui est propre à chaque espèce d'animaux ne tarda pas à me l'apprendre. J'oubliais de vous dire que la maudite fée, en me changeant en lièvre, m'avait coupé les deux oreilles, ce qui augmentait encore mon chagrin et ma honte.

En rencontrant d'autres animaux, surtout ceux de mon espèce, je croyais toujours qu'ils se moquaient de moi. Je me souvenais d'avoir vu des lièvres sans oreilles, et je me rappelais avec désespoir le changement que cela produisait sur leur physionomie.

J'attendis le jour en faisant des réflexions aussi tristes qu'humiliantes ; j'en faisais encore de plus affligeantes sur la princesse mon épouse : car j'étais inquiet de sa douleur et du traitement qu'elle recevait. Une heure après le lever du soleil, j'entendis beaucoup de chiens qui aboyaient et d'hommes qui parlaient ensemble ; je crus même distinguer la voix de mes ennemis ; je voulais les éviter : mais aussitôt je fus étourdi par ce cri, répété cent fois, Velau ! velau ! velau ! Je retournai la tête et je vis, au moins, cinquante chiens, douze ou quinze chevaux, et trois cors de chasse ; ils sonnèrent la vue, j'en savais l'air, et je le reconnus. Je redoublai de vitesse, et je ne philosophai jamais tant sur la folie d'ameuter un si grand nombre d'hommes et d'animaux après une bête aussi misérable que j'étais. Mais comme le géant n'était pas philosophe, il poursuivait toujours ma philosophie à bride abattue. Je donnai plusieurs crochets aux chiens, je fis des détours, je revins sur mes pas, je les fis tomber en défaut. À la fin, je sentis que mes pattes commençaient à perdre le jeu de leurs ressorts, et je vis que j'allais être forcé ; je me réfugiai dans une roche creuse ; j'y attendis la mort avec autant de fermeté que les sénateurs de je ne sais plus quel endroit, qui restèrent sur leurs sièges, les bras croisés, tandis que la ville était exposée au meurtre et au pillage.

Toute la chasse arriva, les piqueurs empêchèrent les chiens de m'étrangler. Le géant et la fée s'avancèrent : je reconnus le char : mais je n'y vis point la petite princesse, ce qui me fit répandre des larmes. Mon ennemi les imputa à la crainte.

— Oh ! le lâche, dit-il, qui a peur de mourir ! Il ne sera pas si heureux.

Ils me donnèrent cinq ou six croquignoles, ce qui me mortifia beaucoup, et me dirent :

— Adieu, Monsieur Misapouf, jusqu'à demain matin.

Je ne doutai pas que le lendemain je n'eusse une pareille aubade, je cherchai quelque endroit écarté ; je trouvai le creux d'un chêne, je m'y crus en sûreté ; mais les abominables chiens, conduits par la piste, découvrirent bientôt ma nouvelle habitation, et me menèrent le même train que le jour précédent. En un mot, je fus couru, forcé, croquignolé et raillé pendant neuf jours ; ensuite on me laissa tranquille. Je n'aime pas la solitude : ainsi, mon premier soin fut de chercher à faire des connaissances ; mais je m'aperçus avec chagrin que les lièvres ne vivaient point en société, et que chacun restait tristement dans son gîte comme un vrai reclus : je voulus en conter à quelques hases qui me parurent d'humeur vive et facile. Mes oreilles coupées excitèrent leurs rires, et j'eus beaucoup de peine à les accoutumer à ma figure. Mais je ne dois point oublier le plus grand de mes malheurs. Sous cette forme nouvelle, la fée m'avait, par noirceur, conservé mon petit doigt tel qu'il était quand j'étais homme. Les choses n'ont de valeur que par comparaison. Ce qui est peu de chose pour une femme est un prodige pour une jeune hase. Aussi tous mes rapports furent-ils sans effets ; tous les lièvres femelles du canton vinrent par curiosité faire l'essai de ce phénomène et eurent le chagrin de n'en pouvoir profiter. J'étais furieux quand je faisais réflexion à ce nouveau raffinement de méchanceté ; mais je n'étais pas à la fin de mes malheurs. Le géant et son exécrable mère vinrent un beau matin me trouver ; mon chagrin m'avait tellement abattu que je ne songeai point à les fuir : la fée me toucha de sa baguette, me changea en lévrier, et me ramena dans sa maison. Admirez, madame, le pouvoir du penchant naturel de chaque individu, et cela prouve bien que l'homme même n'est rien moins que libre dans ses actions : un pouvoir supérieur le détermine et le fait agir. J'eus la douleur, sous cette nouvelle forme, d'étrangler en huit jours mes connaissances, mes amis et plusieurs de mes inutiles maîtresses ; et de ne point voir la princesse. J'étais fort ennuyé de cet état, on ne m'épargnait ni les injures ni les coups. Un jour en revenant de la chasse, la fée me changea en renard : je vois que votre cœur s'attendrit… »

— Seigneur, répondit Grisemine, il est vrai que je ne puis entendre ce nom-là, sans être vraiment touchée ; je doute même que je vous eusse jamais rien accordé, si j'eusse su que vous aviez été renard ; car enfin j'ai toujours eu des entrailles, et je regretterai toute ma vie mes six pauvres enfants.

— J'en conviens, lumière de ma vie, dit Misapouf, vous devez me vouloir un peu de mal de vous en avoir privée ; mais enfin, si j'étais renard, vous étiez lapine.

« D'ailleurs, je vous avouerai que j'ai toujours regardé le lapereau comme un joli manger, surtout dans la nouveauté, et je me souviens très bien que messieurs vos enfants n'étaient pas encore demis. Mais il est temps d'essuyer vos larmes et de faire couler les miennes. Le lendemain, vous fûtes bien vengée. Je ne vous cacherai pas que ce jour-là, je fus très content de ma chasse ; j'allai dans mon terrier, je me couchai sans souper ; sous quelque forme que j'aie été, mon estomac a toujours été faible, et je n'ai jamais pu faire qu'un bon repas. Je sortis de ma retraite à l'aube du jour ; l'aurore aux doigts de rose1 commençait à colorer les airs d'une lumière tendre, et répandait des perles sur la pointe des prés, et sur les boutons des fleurs. J'ignorais que la naissance d'un si beau jour dût en être un si funeste pour moi. J'avais passé une nuit tranquille sans faire aucun rêve de mauvais augure, et je me promenais dans une route, en renard qui, si cela peut se dire, ne pense pas à malice.

Mon appétit fut ouvert par le chant de plusieurs coqs : le gibier que j'avais mangé m'avait affriandé pour la volaille. Je me glissai le long d'un mur, où j'aperçus dans la cour d'une ferme deux coqs, quatorze poules et douze dindonneaux. L'eau me vint à la bouche, et mes yeux errèrent longtemps incertains du choix. Enfin ils se fixèrent sur une petite poulette noire, tachetée de blanc. Je me jetai au milieu de la troupe, et j'emportai le morceau marqué. Comme je suis naturellement né gourmand, je ne m'aperçus point que ma petite poule ne se débattait pas et ne jetait aucun cri ; je ne songeai qu'au plaisir de la manger. Dès que je fus dans le fort du bois, et que je me crus en sûreté, j'appliquai, sans pitié, le coup de la dent meurtrière… Ah ! j'en frissonne encore… Et mes sanglots interrompent mon récit : le sang n'eut pas plutôt coulé, que j'entendis une voix douce et toujours présente à mon cœur, qui dit :

— Ah ! je me meurs. La fée Ténébreuse est bien vengée. Hélas ! mon cher Misapouf, puisses-tu ignorer que ta tendre et fidèle épouse est dévorée par un malheureux renard !

À ces mots funestes tous mes sens se glacèrent, je laissai tomber de ma gueule ensanglantée mon innocente proie : je vis alors, je vis la poule perdre sa forme et reprendre la figure de ma chère princesse. Le sang sortait à gros bouillons de sa gorge d'albâtre, je m'évanouis à ce spectacle affreux. Je ne revins à moi que par un coup de baguette de la fée, et je me retrouvai sous les traits de l'amant le plus coupable et le plus à plaindre.

— Ah ! ciel, s'écria la princesse, je meurs de la dent de Misapouf…

Elle me serra la main et ferma les yeux pour jamais.

— Me voilà contente, dit la fée Ténébreuse, tu as rempli ton sort.

Je sortis de mon caractère de douceur, et lui dis mille injures ; mais elle me rit au nez, et s'envola dans son char. Accablé de désespoir et n'ayant plus rien de mieux à faire que d'être sultan, je revins chez mon père : je le trouvai expirant, je fus déclaré son successeur. Le poids de ma couronne ne diminue point celui de mon chagrin : j'ai étranglé mes amis, j'ai mangé votre famille, j'ai fait mourir ma maîtresse ; je ne puis maintenant avoir d'autre plaisir que celui de vous en procurer. Puissé-je souvent, dans vos bras, étourdir vos douleurs et les miennes, expier mes crimes, vous traiter en sultane comme j'ai traité vos enfants en lapereaux, et attendre patiemment le moment où je dois devenir capucin, sans jamais cesser d'être un saint musulman ! »

Le sultan Misapouf finit ainsi son histoire, en poussant un soupir très considérable et en lorgnant Grisemine, d'une façon tout à fait touchante.

Grisemine, après y avoir répondu par un demi-sourire et un regard tendre, lui tint ce discours :

— Seigneur, votre histoire m'a intéressée ; mais je m'attendais toujours que vous me reparleriez de la fée aux Bains, du chevalier au Nez, du roi Sauvage, de la reine son épouse et de la princesse *Ne vous y fiez pas*, leur fille.

— Et pourquoi vous imaginiez-vous tout cela ? répondit Misapouf. Voilà une belle idée ; vous me croyez donc bien babillard ?

— Non, seigneur, répliqua la sultane ; mais Votre Sublime et toujours Victorieuse Majesté doit savoir que la première règle d'un récit est à la fin de rendre compte de tous les personnages intervenus pendant le cours de la narration.

— Comment diable, reprit poliment Misapouf, voulez-vous que je vous rende compte de tous ces gens- là, puisque je ne les ai point revus ? Faut-il, pour la régularité de mon histoire, que je leur envoie exprès un ambassadeur pour m'informer de l'état de leur santé, et leur demander la suite de leurs histoires ? Je crois qu'ils sont à présent, ce qu'ils étaient alors : la fée aux Bains, une criarde, que son chevalier a rejoint, et qu'elle doit sans doute mener par le nez ; le roi Sauvage, un bonhomme qui sait dire une brusquerie, et ne sait pas soutenir une opinion ; la reine son épouse, une jolie femme, mais trop commère ; et la princesse leur fille, une attrape-nigauds. Voilà tout ce que j'en puis dire.

— Seigneur, dit la sultane, je puis vous donner de plus grands éclaircissements sur ce qui les regarde.

— Je vous en dispense, répondit Misapouf.

— Puisque vous êtes si peu curieux, répliqua Grisemine, je ne vous apprendrai point que la fée Ténébreuse s'est fait faire un manchon avec la peau que vous aviez étant renard.

— Comment donc, dit le sultan, cela doit lui faire un beau manchon ; car je me souviens que j'avais une peau fort argentée, et je commence à croire que c'est par avarice qu'elle

m'a fait redevenir homme. Eh ! de qui tenez-vous cette nou-
velle-là ?

— C'est de la fée aux Bains, répondit Grisemine…

— Ah ! ah, c'est-à-dire que vous avez été chez elle, dit le
sultan, et par quel hasard ? Je m'imagine que sa maison doit
être très humide.

— Seigneur, répliqua la sultane, si vous voulez savoir mon
histoire, il faut que Votre Illustre Majesté m'accorde un moment d'audience.

— Très volontiers, répondit le sultan ; si elle est trop longue,
je pourrai bien m'endormir ; mais ce n'est pas un grand malheur. Commencez donc, madame.

Histoire de la sultane Grisemine

— Je suis née en Finlande ; je ne suis ni reine ni princesse ; mais je puis assurer Votre Majesté que je suis bien demoiselle : car j'ai trouvé dans mes papiers une lettre d'un duc de Laponie à mon grand-père, qui lui mettait le très humble et très obéissant serviteur.

— Oh ! cela ne veut rien dire, reprit Misapouf ; car tous ces ducs lapons sont de très petits ducs. Ce n'est pas que je doute de votre noblesse, ajouta-t-il.

— J'en ai encore une preuve plus certaine, dit la sultane, c'est que le roi de Finlande n'aurait pas voulu se mésallier ; et sans mes voyages je l'aurais épousé.

— C'est vraiment un fort bon parti que vous avez manqué là, dit le sultan. Il était donc devenu amoureux de vous ?

— Non, Seigneur, répondit Grisemine. Le trône de Finlande avait été occupé autrefois par des princes de la maison de Zélande. Les ducs de Nortingue l'usurpèrent ; ce petit accident occasionna de grandes guerres entre ces deux maisons. Enfin on trouva un expédient pour faire retourner la couronne à la maison de Zélande, sans l'ôter à celle de Nortingue.

— Comment cela ? dit le sultan.

— On a, répondit la sultane, imposé une condition au roi, aujourd'hui régnant, qui l'empêchera d'avoir des enfants.

— J'entends, dit le sultan, on a exigé de lui qu'il ne se marierait point.

— Non, seigneur, dit la sultane ; c'eût été une injustice, on lui a laissé cette permission.

— Ah ! je sais ce que c'est, reprit Misapouf, il faut que je sois bien sot pour ne l'avoir pas deviné. On veut que sa femme soit hors d'âge de lui donner des successeurs.

— C'est tout le contraire, répliqua Grisemine ; il pourra choisir une femme dans toutes les princesses du monde et dans toutes les demoiselles de son royaume. Mais celle-là seule pourra l'épouser qui lui apportera cette ignorance si précieuse aux yeux d'un mari.

— En vérité, dit le sultan, vos princes de Zélande n'ont pas le sens commun ; cette condition-là n'a jamais empêché une femme d'avoir des enfants.

— Votre Majesté, dit la sultane, ne m'a pas laissé achever ; j'allais avoir l'honneur de lui raconter qu'il fallait, pour épouser le roi de Finlande, qu'une fille voyageât pendant quatre ans, qu'elle partît à l'âge de douze ans, étant très ignorante, et qu'elle revînt à seize tout aussi peu instruite.

— Oh ! cela change la thèse, s'écria Misapouf, je fais réparation à ces princes, je suis bien certain qu'ils règneront.

— Le roi, reprit Grisemine, a signé ce traité à dix-huit ans, il en aura ce mois-ci soixante et dix-neuf, et il est encore garçon. Vous jugez bien cependant qu'il n'y a point de gentilhomme qui ne se tue à faire des filles et qui ne se ruine à les faire voyager. Mon père en fournit un exemple ; j'ai eu douze sœurs qui se sont dispersées ; leur temps s'est écoulé sans qu'aucune soit revenue en état d'être reine.

— Comment, dit le sultan, vous êtes la treizième ?

— Oui, seigneur, répondit Grisemine.

— Allons, répondit Misapouf, parlez-moi avec franchise. Qu'est-ce qui vous a épargné les frais du retour ? Je ne vous en aimerai pas moins. Car enfin je ne trouve pas que cette ignorance soit quelque chose de si merveilleux.

— Je vais, dit la sultane, obéir à Votre toujours Auguste Majesté, en lui parlant sans déguisement.

« Dès que j'eus douze ans, ma mère me fit partir, après m'avoir appris le sujet et la condition de mon voyage : je me crus déjà reine de Finlande, et la tête me tourna comme à un maître des requêtes[1] qui devient intendant. Ma mère, pour me préserver des enchantements, me donna un valet de chambre sorcier.

On croyait cette précaution nécessaire, et d'ailleurs c'était le bon air. »

— Comment, un valet de chambre sorcier ! s'écria Misapouf. C'était pour vous empêcher d'être reine dès la première journée.

— Non, seigneur, répondit Grisemine ; car il était de l'espèce de l'eunuque de la fée Ténébreuse.

— Ah ! ne me parlez pas de ce vilain-là, dit le sultan.

— Je n'ai point lieu de me plaindre de celui qui m'accompagnait, répliqua Grisemine, il s'est sacrifié pour moi, sans me faire perdre mes droits à la couronne.

« Nous nous embarquâmes dans un vaisseau marchand, j'eus le malheur, comme cela arrive toujours, de plaire au capitaine. Il voulait me le prouver, parce qu'il ne savait pas me le dire ; mais mon cher sorcier Assoud me changea tout à coup en barbue. Je m'échappai des mains de mon brutal, et je sautai dans la mer. Assoud me suivit après s'être transformé en merlan. Nous gagnâmes promptement le rivage ; car quoique la barbue soit un bon poisson, j'aimais encore mieux être fille. Nous reprîmes notre forme ordinaire. Nous errâmes long-temps dans les forêts, où je commençais à mourir d'inanition ; car tous les sorciers n'ont pas le pouvoir de se faire apporter à manger. »

— J'en suis étonné, dit le sultan, car on dit toujours d'un mauvais plat, voilà un ragoût du diable.

« Assoud avait aussi bon appétit que moi mais il ne plaignait que moi seule. Un jour il me tint ce discours :

— Mademoiselle, je crois que vous aimez mieux vivre que mourir. Je n'ai qu'un moyen de vous faire faire un bon repas.

— Quel qu'il soit, mon cher Assoud, lui répondis-je, je l'accepterai.

— Le voici, reprit-il, vous venez d'être barbue, et je pense que vous ne serez pas plus déshonorée d'être lapin. Voilà du serpolet qui vous paraîtrait délicieux. Je ne parle pas de plusieurs autres petites douceurs qui pourraient vous récréer, comme de faire des lapereaux… »

— Adieu la royauté, dit le sultan.

— Non, Seigneur, répondit la sultane, ce n'était qu'en qualité de fille que je devais être reine. Ainsi en passant dans le corps d'une lapine, j'aurais pu peupler une garenne entière sans en être moins digne d'épouser le roi. J'acceptai la proposition d'Assoud, et par le moyen de son art, la métamorphose réussit. Il y avait trois mois qu'elle était faite ; j'avais eu de la complaisance pour un lapin, quoique je ne me sentisse aucun goût pour lui ; mais je craignais de passer pour une bégueule.

« Vous savez les chagrins que j'ai ressentis, puisque c'est vous qui les avez causés. J'étais dans le plus vif de ma douleur, lorsqu'elle fut augmentée encore par le spectacle le plus attendrissant. Je vis revenir Assoud tout ensanglanté qui se traînait vers moi.

— Je vous trouve à propos, me dit-il, d'une voix faible, je n'ai plus qu'un moment à vivre ; un chasseur vient de me réduire dans cet état ; et s'il m'avait tué sur la place, vous seriez toujours demeurée lapine ; je n'ai que le temps de rompre votre enchantement.

Il marmotta quelques paroles, me toucha de sa patte, et je redevins fille ; c'est depuis ce temps que je me suis fait nommer Grisemine.

— Je meurs content, dit Assoud ; comme je ne pourrai plus veiller à votre sûreté, je vous conseille de prendre mes habits au lieu des vôtres, vous paraîtrez, il est vrai, un fort joli garçon ; mais vous n'allumerez des passions que dans le cœur des femmes, et. ce ne seront jamais elles qui vous empêcheront d'être reine.

À ces mots, il rendit son dernier soupir. Vous connaissez mon bon cœur ; ainsi vous pouvez vous représenter mes regrets.

J'allai dans une espèce de grotte où nous avions laissé nos habits ; je pris celui d'Assoud. Je m'avançai vers le rivage, je découvris un bâtiment. Je fis signe avec mon mouchoir : une chaloupe fut détachée et me conduisit vers le vaisseau. Le capitaine me fit beaucoup de politesses, et me demanda où je voulais aller. Je lui répondis que je n'avais aucun objet déterminé, ayant quitté ma patrie pour voyager.

— Si cela est, dit-il, vous ne serez pas fâchée d'aller avec nous au palais des Éternuements.

— Je vous avoue, lui répondis-je, que je n'en ai jamais ouï parler ; on doit y dire bien souvent : Dieu vous bénisse.

— C'est un lieu, reprit-il, habité par la fée Transparente. Elle distribue une poudre qu'on prend comme du tabac, et qui fait éternuer de l'esprit.

— Vous m'étonnez, m'écriai-je.

— Oui, me répondit-il, lorsqu'on a éternué cinq ou six fois, on débite aussitôt une vingtaine d'épigrammes et deux douzaines de maximes.

— Voilà, dis-je, qui est admirable : monsieur le capitaine, faites redoubler de rames, car je meurs d'envie d'éternuer.

— Mon enfant, reprit-il, tous ceux qui sont dans mon bord ont la même impatience ; car depuis quelque temps l'envie d'éternuer est devenue une fureur. Voyez-vous cette jeune femme étique ? Elle a entendu dire que lorsqu'on était maigre, on était obligé en honneur d'avoir de l'esprit, elle a tout aussitôt entrepris le voyage. Cette autre qui devient trop grasse est persuadée que l'esprit la maigrira, elle veut en avoir pour conserver sa beauté plus que pour y suppléer. J'ai au moins trente auteurs qui soupirent après l'éternuement, et qui croient que l'esprit les dispensera d'avoir de l'imagination et du talent. Enfin, poursuivit le capitaine, il n'y a pas jusqu'à ce vilain capucin-là qui ne veuille éternuer. »

— Ah ! ah ! dit Misapouf, vous avez donc vu un capucin ? Dites-moi, je vous prie, comment cela est fait ?

— Seigneur, répondit Grisemine, c'est une espèce d'animal qui tient le milieu entre le singe et l'homme, qui a autant d'orgueil que d'incapacité, et qui pue le moine à faire vomir.

— Diable, s'écria le sultan, ce portrait-là n'est pas appétissant ; il n'y a que l'orgueil qui puisse en faire la consolation ; car lorsqu'on en a, on se passe de tout : continuez, je vous prie.

« Seigneur, dit Grisemine, le troisième jour de navigation nous découvrîmes le palais où nous allions ; il avait une si belle apparence, que je le pris d'abord pour la demeure d'un roi. Nous descendîmes du vaisseau avec précipitation. La fée était à une tribune, et jetait des petits paquets à ses courtisans, qui se les arrachaient et qui éternuaient à toute outrance ; la rage de parler les saisissait, ils faisaient des questions sans qu'on leur répondît et souvent des réponses sans qu'on les questionnât ; on admirait pour être admiré ; on critiquait pour être craint ; on plaisait moins qu'on n'étonnait. Les paradoxes éblouissaient ; les sophismes persuadaient ; la maigre envie satirisait ; l'amour- propre boursouflé donnait des louanges trompeuses ; la malignité, des mauvais conseils, et le faux discernement, d'injustes approbations : je fus bientôt excédée de cette cohue. Je gagnai la porte en réfléchissant sur ce que dans ce palais on ne pensait que par secousses, que l'esprit ressemblait à un accès de fièvre, que tout ce qui s'y produisait, ne pouvait former qu'un assemblage de lambeaux et jamais un tout. Je jugeai qu'il fallait attendre l'esprit et se donner l'agrément qui est toujours aux ordres de ceux qui le cherchent ; qu'on amuse un moment avec quelques traits ; mais qu'on plaît toujours lorsqu'on est aimable ; les bons mots sont des hasards, et les agréments sont des titres.

Je suivis la route la plus frayée. Sur le soir, je trouvai un jeune homme qui voyageait ainsi que moi sans suite, et sans équipage : je fus d'abord saisie de quelque crainte, et je remarquai aussi que ma présence lui causait quelque inquiétude. Nous nous rassurâmes ; il me raconta son histoire, qu'il inventa peut-être, et que je vais vous répéter… »

— Non, s'il vous plaît, dit le sultan, je m'embarrasse fort peu de savoir ce qui est arrivé à quelqu'un que je n'ai jamais vu, et que je ne suis pas tenté de voir.

— Si vous saviez, répondit la sultane, quel était ce garçon-là, vous parleriez différemment.

— C'était peut-être un garçon comme vous, dit Misapouf.

— Précisément, répondit Grisemine ; mais nous fûmes longtemps dans l'erreur, nous voulions nous faire des avances de politesse dont nous arrêtions aussitôt l'essor ; nous étions à tous moments sur le point de nous prévenir, et nous nous attendions toujours. La nuit vint et nous arrivâmes à une petite maison qui servait, dit-on, à loger les passants ; nous y entendîmes un grand bruit d'instruments, mêlé de chansons douces. J'entrai sans qu'on m'aperçût, je parlai sans qu'on m'entendît ;

je vis beaucoup de monde et fort peu de chambres.

— Je m'attends, dit le sultan, que vous aurez été forcée de coucher plusieurs ensemble, et que votre couronne aura fait naufrage dans cette maudite auberge-là.

— Seigneur, répondit la sultane, vous avez l'esprit bien pénétrant.

« Dans le temps que je faisais des questions inutiles, j'entendis à la porte un grand bruit d'équipages et de domestiques, et je vis une grande femme, belle comme la personne qu'on aime. Cet événement suspendit la joie de la maison. Celui qui en était le maître vint et parla ainsi :

— Sans doute madame vient pour passer la nuit ici ; mais je crains qu'elle ne soit bien mal couchée ; car j'ai marié ma fille aujourd'hui, et je n'ai que deux chambres ; l'une appartient de droit aux nouveaux époux ; il ne reste plus que l'autre pour madame ; mais je ne sais où je logerai ces deux messieurs, dit-il en nous montrant.

— Mon ami, dit cette dame, après nous avoir considérés, votre chambre est-elle à deux lits ?

— Oui, répliqua l'hôte.

— Eh bien, répondit-elle, nous pouvons nous accommoder. J'en occuperai un, et ces deux jeunes gens, qui se connaissent, ne seront sans doute pas en peine de coucher dans l'autre.

C'était là précisément ce que nous craignions, sans oser nous le communiquer. »

— Vous aviez grand tort, dit le sultan ; car cela n'était pas dangereux.

« Je pris la parole, et je dis à la dame que nous n'osions prendre la liberté de coucher dans la même chambre qu'elle. Mais elle me répondit :

— Vous avez tort, je ne crains point les hommes et je suis accoutumée à être sage avec eux, sans les éviter. Je ne fais pas cas de ces femmes qui craignent toutes les occasions ; la vertu qui fuit, manque souvent de jambes.

Comme nous voulions partir le lendemain, nous nous couchâmes de bonne heure ; j'eus la précaution, en me mettant au lit, de me tenir absolument sur le bord ; mon compagnon eut la même prudence : deux personnes auraient pu aisément se placer entre nous. Je fus surprise de ne sentir aucun trouble, aucune émotion, en me sachant couchée avec quelqu'un que je croyais un homme. J'étais seulement atteinte d'un petit mouvement de curiosité ; mais l'ambition de devenir reine y mit aussitôt un frein. Je crus que le plus sûr moyen d'y résister, était d'attendre que la jeune dame fût endormie, de sortir doucement de mon lit et de me glisser encore plus doucement dans le sien. J'exécutai ce projet, et je me levai sans bruit ; je gagnai le lit de la dame, elle dormait : je me coulai à côté d'elle, sans qu'elle parût se réveiller. Mais ce sommeil n'était qu'une feinte ; car un quart d'heure après elle me tint ce discours :

— Mon beau garçon, j'ai bonne opinion de la délicatesse de vos sentiments : car vous n'êtes pas venu à mes côtés pour me laisser dormir ; je suis sensible à vos desseins, et la reconnaissance exige que je dissipe votre erreur, je suis assurée que vous ne me trahirez pas.

Ce début m'offensa ; je lui promis une discrétion à toute épreuve, et je la priai de poursuivre.

— Eh bien donc, me dit-elle, je veux bien vous apprendre un petit malheur, en vous confiant que vous vous trompez si vous comptez à présent être couché avec une femme ; car je suis un garçon.

Ces paroles me confondirent. »

— Oh ! je l'avais deviné, dit le sultan.

— Il est vrai, seigneur, poursuivit Grisemine, que le désordre qui se passa alors en moi me dit que j'étais avec un homme.

— Mais, dit le sultan, que ne sortiez-vous du lit ?

— C'était mon projet, répliqua Grisemine, mais je voulais savoir son histoire.

— Bonne chienne de curiosité, s'écria Misapouf.

— C'est ainsi, reprit la sultane, qu'il la commença :

« Je suis fils de la fée aux Bains et du chevalier au Nez. Réellement, dit-il, je n'en ai jamais vu un si grand que le sien. Cela n'empêcha pas ma mère de devenir grosse. »

— Voilà une belle réflexion, dit le sultan ; où ce garçon-là avait-il pris que le nez d'un homme l'empêche de faire un enfant à sa femme ?

— Seigneur, répondit la sultane, il n'avait pas encore d'expérience.

— Quel était donc son nom ? dit le sultan.

— Seigneur, il se nommait Ziliman.

— Cela m'est égal, répondit Misapouf, poursuivez votre histoire.

La sultane continua ainsi :

« — Mon père, dit Ziliman, était fort amoureux de la fée aux Bains, et regardait avec indifférence toutes les beautés qui venaient se baigner ; mais sa vanité pensa le perdre, et fut cause de mes malheurs. Il entendit parler de la princesse *Ne vous y fiez pas*, de son anneau et de l'enchantement qui y était attaché.

Je ne vous répéterai point, dit la sultane, tout ce que vous m'avez conté avec tant d'éloquence sur ces anneaux.

Persuadé, continua Ziliman, que personne n'avait un si gros petit doigt que lui, sans rien dire à ma mère, il partit pour délivrer cette princesse. Cela prouve qu'il avait autant d'humanité que d'amour-propre. La fée imputa son absence à son infidélité, elle accoucha de moi pendant ce temps fatal ; elle jura, dans la haine qu'elle portait aux hommes, que je porterais un habillement de fille jusqu'à ce que je fusse marié : à quinze ans, je lui dis que je voulais voyager.

— J'y consens, me répondit-elle : mais surtout ne te marie point ; je fais serment que tu ne garderas ta femme que lorsqu'elle aura été quinze jours devant mes yeux tout grands ouverts sans que je l'aperçoive.

Il allait continuer lorsque nous entendîmes le bruit de la noce qui amenait les nouveaux mariés dans le lit nuptial. Cet événement augmenta encore mon trouble, j'étais tentée d'aller rejoindre mon compagnon ; mais le lit de Ziliman était plus près de celui des jeunes époux, et j'avais des idées si confuses sur le mariage, que je n'étais pas fâchée de m'en éclaircir un peu, en prêtant attentivement l'oreille à ce qui se passerait.

— Je vous avoue à ma honte, dit Ziliman, que cette cérémonie m'est absolument nouvelle : vous vous moquerez de moi quand je vous dirai que je suis ignorant au point de ne pas savoir la différence qui est entre ce jeune homme et sa femme.

— Je puis vous jurer, lui répondis-je, que je suis tout aussi peu instruit que vous.

— Si cela est, reprit-il, profitons de cette occasion, gardons un profond silence. J'ai remarqué que les deux lits ne sont séparés que par une tapisserie, nous ne perdrons rien de cette scène.

J'acceptai la proposition de tout mon cœur, et notre conversation fut dès lors interrompue ; car lorsqu'on voyage, on est trop heureux de s'instruire.

Sans doute on s'attend que ces deux époux, d'accord ensemble, se félicitèrent d'être débarrassés du monde qui les importunait, et que leurs sentiments, gênés jusqu'à cet instant, s'échappèrent avec transport.

Mon imagination attentive travaillait pour se représenter les effets de cette intelligence ; l'ignorance de Ziliman le tourmentait au moins autant que moi.

Nous entendîmes Thaïs et Fatmé se mettre au lit. Thaïs dit aussitôt :

— Enfin nous voilà seuls, il y a longtemps que je désire de prouver à ma chère Fatmé combien je l'aime.

Apparemment qu'il jouait ce qu'il disait ; car Fatmé lui répondit :

— Que veulent dire ces manières-là ? Où avez-vous appris à vivre ?

Thaïs, qui vraisemblablement était un bel esprit, lui répliqua :

— Belle Fatmé, n'étant occupé que du plaisir de vous voir, je n'ai appris qu'à aimer.

— Eh bien, dit-elle, tenez-vous-en là, et n'apprenez pas à insulter.

— Ces insultes-là, dit Thaïs, sont les politesses de la bonne compagnie, vous m'en remercierez avant peu.

Je juge qu'il voulut encore tenter quelque entreprise ; car Fatmé s'écria :

— Thaïs, si vous continuez, je vais appeler ma mère ; Thaïs, vous êtes un insolent, je ne suis point faite à ces façons-là.

— Mais, en vérité, Fatmé, je ne vous conçois pas, dit Thaïs. Pourquoi vous imaginez-vous donc que je vous ai épousée ? Votre résistance marque une ignorance qui m'est bien précieuse : mais vous devez avoir de la confiance en moi. Allons, ma chère Fatmé, rendez-vous à mon ardeur, je vous en conjure.

— Oh ! non, dit-elle naïvement, ma mère m'a cent fois défendu de me laisser faire ce que vous voulez me faire.

— Sans doute, belle Fatmé, quand vous étiez fille ; mais tout doit m'être permis, puisque vous avez reçu ma foi en présence de l'yman.

— Je me moque de l'yman, reprit Fatmé ; la chose est bonne ou mauvaise, en soi : si elle est bonne, on n'a pas besoin d'un yman pour y être autorisé, et si elle est mauvaise, la permission de l'yman ne peut pas la rendre bonne.

Thaïs, qui perdait trop de temps à raisonner, prit le parti d'employer les effets au lieu de tant de paroles inutiles. Fatmé poussait des cris que Thaïs étouffait : toute notre chambre était ébranlée de la révolte qui se passait dans l'autre… »

— Je crois, dit le sultan, que Ziliman et vous, étiez encore moins tranquilles que les chambres.

— Il est vrai, répondit la sultane, que je ne puis exprimer ce qui se passait en moi. Ma curiosité et ma crainte étaient égales ; j'entendais des plaintes qui dégénéraient en soupirs. Enfin, il y en eut un qui fut suivi d'un long silence. Ziliman me dit alors :

« — Ah ! mon ami ; je ne conçois pas ce qu'ils peuvent faire ; mais je suis dans un état épouvantable. Je voudrais bien savoir si cette scène a produit sur vous les mêmes effets.

Il me prit la main, et je fus effrayée.

— Ah ! bon Dieu, lui dis-je, qu'est-ce que cela ! Ne serait-ce pas par hasard le nez de monsieur votre père ?

Apparemment que sa main s'avança aussi ; car il fit un cri de frayeur, et il dit avec surprise :

— Oh ! ciel, comment avez-vous donc fait cet homme-là ?

Je soupçonnai alors que le sujet de notre étonnement était le point de notre ignorance ; je voulus l'empêcher de faire un éclat, et je lui avouai ingénument que j'étais fille. Sa surprise se changea en transport de joie ; il se jeta dans mes bras, je n'eus pas la force de m'en dérober. Dans ce moment les plaintes et les soupirs de Fatmé recommencèrent ; mais je fus bientôt forcée d'en faire autant. Fatmé s'imagina que nous voulions la contrefaire, car elle dit :

— Voilà qui est beau de se moquer ainsi du pauvre monde ! Je voudrais bien, ajouta-t-elle, qu'on vous en fit autant, pour voir ce que vous diriez !

Ziliman et moi, nous ne pûmes nous empêcher de rire, et nous ne laissâmes pas de faire des progrès dans la science. Je lui racontai mon histoire, et je lui jurai que je renonçais de tout mon cœur à la couronne de Finlande. Le jour parut.

— Belle Grisemine, me dit-il, vous savez que pour être ma femme, il faut que vous soyez quinze jours devant les yeux de ma mère sans qu'elle vous voie ; sans cela je vous perdrais et j'en mourrais de chagrin. Je ne sais qu'un moyen, c'est d'aller chez la fée Porcelaine : elle est ma marraine, elle nous protégera et nous donnera peut-être un expédient pour engager ma mère à ratifier notre bonheur.

Je lui promis de ne le pas quitter, et nous partîmes après avoir pris congé de mon compagnon, qui m'avoua qu'elle était fille, et qu'elle était dans son cours de voyage pour être reine.

Je lui déclarai qu'elle avait en moi une rivale de moins.

Elle en fut très contente, et nous nous séparâmes en nous embrassant cordialement ; car les femmes s'embrassent par coutume en se trouvant, et par plaisir en se quittant. Nous arrivâmes en deux jours chez la fée Porcelaine. Ziliman lui confia son mariage, me présenta et lui demanda si elle avait vu sa mère depuis peu.

— Elle vint hier, répondit la fée, et me dit qu'elle vous avait défendu de vous marier : mais comme elle s'imagine que vous êtes aussi fragile que ma maison, elle est persuadée que sous un habit de fille vous ne pourrez pas vous empêcher de vous découvrir.

— Mais enfin, ma mère est-elle toujours dans la même résolution ? dit Ziliman.

— Oui, dit la fée, elle m'a informée des conditions qu'elle avait juré de vous faire remplir.

— Hélas ! m'écriai-je, je vois trop qu'il faudra que je perde mon cher Ziliman.

— Ah ! me répliqua la fée, si vous vouliez vous prêter à mon projet, nous pourrions la tromper.

— Il n'y a rien que je ne fasse, lui dis-je, pour être toujours avec quelqu'un que j'aime autant.

— Eh bien, reprit la fée, si cela ne vous répugne point, je vous donnerai la forme d'un meuble, dont, sans doute, vous vous servez souvent.

— Ah ! dit le sultan, voilà cette métamorphose que vous m'avez fait attendre si longtemps.

— Il est vrai, seigneur, que mon amour me fit consentir à tout. La fée voulut me donner, sous cette forme, toute la grâce que peut avoir un pot de chambre.

Le lendemain Ziliman me mena chez la fée aux Bains ; sa mère fut contente de le revoir si tôt : il lui dit qu'il se déterminait à passer sa vie avec elle, plutôt que de voyager

Table des matières

www.grandsclassiques.com

ISBN ebook : 9782512008293
ISBN papier : 9782512009498
Dépôt légal : D/2018/12603/121

Couverture : © Hélène Massart

Conception numérique : Primento, le partenaire numérique
des éditeurs